겨울 삽화

한기팔 1937년 제주 서귀포에서 태어나 1975년 『심상』 1월호에 「원경」 「꽃」 「노을」 등이 박목월 시인 추천으로 신인상에 당선하여 등단하였다. 시집으로 『서귀포』 『불을 지피며』 『마라도』 『풀잎 소리 서러운 날』 『바람의 초상肖像』 『말과 침묵 사이』 『별의 방목』 『순비기꽃』 『섬, 우화寓話』 등이 있고, 시선집 『그 바다 숨비소리』가 있다. 제주도문화상, 서귀포시민상, 제주문학상, 문학아카데미 시인들이 뽑는 시인상을 수상했다.
sun7324138@hanmail.net

황금알 시인선 261
겨울 삽화

초판발행일 | 2022년 12월 24일

지은이 | 한기팔
펴낸곳 | 도서출판 황금알
펴낸이 | 金永馥
주간 | 김영탁
편집실장 | 조경숙
표지디자인 | 칼라박스
주소 | 03088 서울시 종로구 이화장2길 29-3, 104호(동숭동)
전화 | 02)2275-9171
팩스 | 02)2275-9172
이메일 | tibet21@hanmail.net
홈페이지 | http://goldegg21.com
출판등록 | 2003년 03월 26일(제300-2003-230호)

값은 뒤표지에 있습니다.
ISBN 979-11-6815-041-6-03810

*이 책은 제주특별자치도, 제주문화예술재단 지원으로 출간하였습니다.

Jeju 제주특별자치도 JFAC 제주문화예술재단 Jeju Foundation for Arts & Culture

겨울 삽화

한기팔 시집

황금알

| 시인의 말 |

한 권의 『시선집』을 제외하고는 열 번째의 시집을 묶는다. 그것들은 모두 내 삶의 현장의 것들이었다.

오늘은 비! 알몸으로도 풀꽃 하나 봉오리를 맺지 못하는 자갈밭이 젖고 있다. 귀갓길에서 만난 늙은 농부가 갈다 남은 자드락밭이 젖고 있다.

서울 다녀올 일만 남아 있다. 『황금알』의 김영탁 주간께 고마운 뜻을 전하고 싶다.

2022년 봄

한기팔

차 례

1부 나는 어차피 꽃이 아니다

2부 허공의 한 채

3부 겨울 삽화挿畵

4부 꽃들의 반란反亂

5부 이 시대의 이름으로 그대를 부르노라

1부

나는 어차피 꽃이 아니다

하눌타리

— 자화상自畵像

평생을 기고 걸어도
거기가 거기.

내 비록
사슬에 묶여
하늘을 등지고 살아도
마음만은
하눌타리 꽃

바람 부는 곳을 향해 앉으면
꿈꾸면서
헤적거리기에는
우듬지가 길어서
슬픈 것이냐.

물 한 모금
떠 마시고
하늘 한 번 쳐다보고
우는 듯 웃는 듯

어디론가
끊임없이 가고 있다.

먼지

일어날 때는
여지없이
털어내야 한다.

작은 것일수록
영 쉽게 털리지가 않는다.

먼지는 살아 있기 때문이다
날개가 있기 때문이다.
바람보다
구름보다 가벼운
삶,

그것이
먼지다.

꽃이거나
잎이거나
질 때는 한 색깔이니

그게 먼지다.

지는 것은
날개가 없다.

먹墨

퇴직을 하고 나니
먹 가는 일이
많아졌다.

먹을 간다는 것은
자강불식自强不息
나를 가는 일,

나를 갈면서
말문이 닫히니
말 대신
글,

먹을 갈면
없어지고 말지만
먹물로 쓴 글씨는
오래 남아

마지막 저녁 빛이

서쪽 하늘에
부챗살로
걸리듯…

지푸라기

초개득실草芥得失,
지푸라기라도 잡는 심정으로 살면서

버스를 타고 가다가
호주머니에 손을 넣으니
나도 모르게 만져지는
지푸라기 하나,

차창을 열고 날려 보내니
아뿔싸,
공중에 떠서
곡예비행曲藝飛行 하듯,
가벼운 그림자로
멀리 내다보이다 사라지는
지푸라기의 수화手話.

모든 것을 다 버리고 나서야
비로소 자유로운
내 삶의 구두점句讀點 같은

아아,
치명적인
점點 하나…

봄비

풀꽃 하나
알몸으로도
봉오리를 맺지 못하는
메마른
자갈밭이 젖는다.

한평생
하늘만 바라고
흙을 어루만지며
땅과 같이 살아온
삶,

우리들
땀방울 속에
기르던 소중한 꿈,
씨 뿌려
살라 함인가

봄비 속을

걸어도
봄비가 그리워지는
한나절…

귀갓길에서 만난
늙은 농부의
갈다 남은
낮은 산자락
자드락밭이 젖고 있다.

보리장나무 꽃피거든

사는 게 사는 거 아니게
살다 보니
보리장나무* 꽃피는 거
잊었구나.
그 꽃 다시 피거든
보목리 바닷가
파도 소리 들으며
보리장나무 그늘에 앉아
꽃 보며
밥 한번 먹자.

* 보리장나무: 제주에서는 보리장나무를 토속적인 말로 볼래낭이라 한다. 내가 사는 마을 바닷가에는 볼래낭이 지천으로 널려있다. 그 생태가 마을 사람들이 살아가는 모습 그대로다.

피는 꽃과 지는 꽃 사이

햇볕 아래 서면
꽃 피는 소리

달빛 아래 서면
꽃 지는 소리

바람 부는 날
꽃나무 아래 서면

피는 꽃과
지는 꽃 사이

어디선가
어머니
비단을 짜는
베틀 소리가 난다.

나는 어차피 꽃이 아니기에
— 나의 얼굴 보기

꽃 피고
꽃 지는 거
숨죽여
멀리서 바라보고 있노라면

나는 어차피
꽃이 아니다

꽃이 아니기에
딱 한 번 뿐인
생生,
꽃답게 살다
꽃답게 죽으리라고

바람이
건너가며
꽃을 흔들고 가듯
책장을 넘기며
사는 삶,

나만이 빛깔과
향기로
나는 나이고 싶다.

가을 소나타

무모無謀한 생활에선
바람도 등이 시린
가을 소나타.

누가 기침을 하는가
기침을 하는가.
삶은 그렇고 그런 거라고
가래라도 뱉자.

때로는
병病인 양하여
꽃나무 그늘에 앉으면
그리움은
눈물 같은 것.

지난밤
별들이 내려와 앉았다 간
그 꽃자리
바람이 흔들고 가는

기인 긴 입맞춤이
달더라
달더라.

햇볕 좋은 날은

햇볕 좋은 날은
밀린 빨래라도
빨아 널자.

구름 그림자 지나가며
마당에
촘촘히 엮어놓은
그물 속을
바람이 물고기마냥
헤엄치며
파들거리니

빨랫줄엔
빨래가 마르고,
홍매화紅梅花 망울 부퍼
온몸이 달아
저릿저릿 가려우니
늙은 아내와
꽃나무 그늘에 앉아
등이라도 긁자.

담장 쌓기 1

요즘에는
내게 버릴 수 없는
습관 하나가 있습니다.

맨 처음
이 섬에서
담장을 쌓을 줄 안
이는 누구였을까.

그 앞을 지나며
멀리서 바라보는…

담장 쌓기 2

담장을 쌓는 일은
섬을 지키는 일
섬이
섬이게 하는 일,

흰옷 입은 사람들이
얼굴 없는 사람들이
섬 속의
섬이 되어

먼바다의 물빛,
하늘 한쪽의 푸른빛
키우며키우며
사는 섬

살아도
살아도
살고 싶은
내 여자女子 같은

섬,

오늘은
그 섬에 가서
올렛길
담장 쌓기…

고향故鄕

지금 바라보는
저 별,
멀리 있어
전생의 내 모습 같다.

달빛이 쓸어 놓은
마당에
내 그림자
그네를 타는 밤

별똥별 하나
하늘 멀리
날아가니
그곳이 나의 고향이다.

2부

허공의 한 채

봄밤의 꿈

달빛이
목련木蓮꽃 그림자를
희롱戲弄하고
목련꽃 그림자가
달빛을 희롱하는
봄밤의 꿈은
달빛보다 하얘져서
늙은 아내와의 합궁合宮은
황홀하다.

해바라기

볕 바른 날
해바라기 꽃씨를 심자

해바라기 꽃씨를
심는 일은
한 모금의 물과
흙 한 줌의 몫,

그대 그리는 마음
하늘만 하니
한눈팔면 보이는
그 꽃,
바라기나 할 밖에…

코로나19

소한小寒과 대한大寒,
오수雨水와 경칩驚蟄 사이
어려서 먹던
고뿔 감기약,
금계랍金鷄蠟의
쓴맛…

코로나의
지문指紋 같은
따서 먹으면 죽는다는
위리圍籬의
그 꽃
악惡의 꽃.

한사코
지지 않고
피기만 하니
멀리 두고…
보고도 못 본 척

꺾을 수 없는
역신疫神의 꽃이여!

기일忌日

마당에
누군가 버리고 간
하얀 비닐봉지
바람이 부니
제 몸 부풀렸다가
폴짝 날아올라
들고양이 마냥
담장 너머로 사라지니

저승길이 문밖이라
자정 넘어 빗소리에
아슴푸레
황촉燭불로 앉은
어머니!

아아,
댓돌 아래 벗어놓은
검정 고무신에
고이는 빗소리…

슬픈 목가牧歌

쑥부쟁이 꽃 엮어
목에 걸고
꽁지 빠진 바람의 등에 업혀
중천中天에 뜬 해 바라보며
머루 다래
따 먹고 있노라면
내 어린 날,
배고프지 않아
앞산에서 뻐꾸기
뒷산에서 소쩍새 울어
어디선가
길을 놓친 송아지
울음소리에
마가목 가지 꺾어
어미 소 모는…

그 서쪽
— 해와 달의 길

어머니 가신 길이
해와 달의 길이면

불티 하나 날아가다
재가 되어 내리는
서역만리西域萬里,
산 너머 지는 해는
왜 서쪽이라야만 하는가.

먼 훗날
내 영혼靈魂의 길이
서천꽃밭
해와 달의 길이면

소쩍새 우는 밤
서西으로 가는 달은
왜 서쪽이라야만 하는가.

섬 그늘
—4 · 3 루오

오늘은
그 섬에 가서
동백冬柏꽃 낭자한
물빛을 보았다.

아아,
붉다 못해
아예 검어져 버린
내 영원한 타관他關인
섬.

그날
총성이 멎은 담벼락에 화약 냄새 같은…

툇마루에 앉으면

툇마루에 나앉으면
창유리에
—쩌엉
금 가는 하늘,

멀리
고근산孤近山도
남성대南星臺도
다 보인다.

서西으로 가는
가을 기러기 떼
날개 죽지에
초승달이 시리다.

내가 잠깐 넋을 놓고 있는 사이

"불이야! 불"
하는 소리에
내가 잠깐 넋을 놓고
돌아보니

불자동차도
불을 끄는 사람도 없는데
한라산漢拏山 영실 고개
불길로 타는
단풍丹楓

서西으로 가는
가을 기러기 떼에 실리어
새별오름 지나
명월대明月臺를 지나
멀리,
수미산須彌山을 건너고 있다.

4월제
— 바람을 위한 변주變奏

동백꽃
피고
동백꽃
지고

4월은
왜 빈 곳을 찾아다니며
헤적거리는
바람이어야 하는가.

눈물이면서
아픔이면서
바람을 기다리는
시간時間,

4월은
다른 무엇이 되어서는 안 되는가.

우리는 우리로 하여

서로가
서로에게로 가서
햇볕이 되어
동백꽃 꽃잎이 되어,

우리의 꽃밭 속에
잠들지 못하는
바람에 의한
바람을 위한

그
무엇이 되어서는 안 되는가.

능소화陵宵花

하루살이 떼
붐비다 간
달 없는 여름밤

담장 밖에 뻗은 우듬지에
달빛보다 밝은
꽃은 피어

소나기 그치자
어디선가
왁자지껄
웃음소리 들리나 싶어
돌아보니

거기 능소화
환히 피어
만식이 새댁
부엌문 열고
내다보네.

금강초롱꽃

이 세상
어디에 있어도
지금 내가 있는 곳이
꽃밭이다.

개똥을 밟아도
꽃밭은
꽃밭,

다시는 올 수 없는
그 꽃밭,
걷고 걸어서
보며, 즐기다가

삶이 다하는 날
금강초롱꽃 앞세우고
후회 없이 가리라.

가을 빗소리

마실간 아내가 돌아오듯
사근사근
빗소리

댓돌 아래
모여서 우는
귀뚜라미 소리 재우듯

산비탈
억새밭
누군가의 무덤가에 핀
쑥부쟁이 꽃길만
걸어서 오는

그리운 그리운
마늘밭 마른 풀뿌리가 젖는,
애기똥풀
마른 열매가
젖는…

3부

겨울 삽화揷畵

존자암尊者庵에서

늙은 스님은 어딜 가고
아무도 없는
빈집

가끔 구름이 지나가며
법당 안을
엿보고 가고…

겨울나기
장작더미에 눈발이
날리니

매화梅花 두어 송이
먼저 피어
불어오는 바람결에
소신공양燒身供養 하고 있다.

* 존자암: 하나산 영실에 있는 오래된 적멸궁寂滅宮

세상 살면서 제일로 고마운 것은

세상 살면서
제일로 고마운 것은
사람으로 태어나
살고 있음이 고맙다.

바람이 건너가며
책장을 넘기듯
사는 삶

한 여자를 아내로 맞이하여
외롭지 않게
살고 있음이 고맙고

어디까지 왔을까
돌아보며
지팡이 하나 허락받은 일
더욱 고맙다.

윗세오름 산장山莊에서
— 쇠테우리

오승철 시인詩人은
쇠고기는 못 먹는다 했다.
아니,
안 먹는다 했다

그 선한 눈
시詩의 들판에서
풀을 뜯는
그가
진정 소이기 때문이다.

아니,
쇠테우리이기 때문이다.

꽃나무 아래서

산다는 것은
때로는 혼자서 쓸쓸히
꽃나무 아래서
초롱한 아이들 눈을 생각하다가
늙은 아내와
꽃 지는 소리
듣는 일

아니면
그리운 사람을
그리워하다가
소인消印도 없이 띄우는
엽서이듯
툭하고 꽃 지는 소리에
나 또한
창백한 꽃잎 하나 주워서
책갈피에 접는 일,
그런 일.

새벽 창에 달이 뜨면

새벽 창에
달이 뜨면
호롱불 밑에 앉아
어머니
물레 잣는 소리…

청댓잎을 흩고 가는
바람의 빗살로
맑게 빗어서
청아淸雅한 그 소리 합하여
또 다른
가랑잎 듣는 소리
사악寺岳을 내리누르니

새벽하늘
초록별
높이 올라
삼계三界가 고요하고
요함이여!

시인과 철학자

시인과 철학자가
길을 가고 있다.

시인은
땅을 보며 가고
철학자는
하늘을 보며 가고 있다.

지난밤에도
잠을 놓친 듯한
일찍 늙어버린
얼굴이다

산벚꽃 환히 피어
눈부신 봄날이었다.

미명未明

부얶에서
아슴아슴 새어나는
불빛도
불빛이지만

어머니
그릇 헹구는 소리에
동트는
하늘,

머언
미명未明을
황소 떼
모는…

산 위에 올라
— 칸타빌레

그대 두고 간
하늘인데
산 위에 올라 보면
하늘빛만 푸르니
언덕 아래 옛집,
뒤곁에 놓인
텅 빈 항아리같이
그리움만 더하네.

그대 가고 없는
하늘인데
언덕에 올라 보면
노을빛만 커가니
동구洞口 밖에 옛집,
뒤곁에 서 있는
키 큰 소나무같이
외로움만 더하네.

매듭에 대하여

세상 살다 보면
이런저런 일에
매듭만 늘어가니
매듭을 만들어 보고서야 알았다.

만들기는
쉬우나
풀어내기는 어려운 것.

나는 나로 하여
매듭의 몸속에
살아 있는 무늬가
일각一角, 내 삶의 전부인 것을

누군가와 매듭진 일은 없는가.
저절로 풀리는 매듭은 없어
건들마에
소나기 퍼붓듯
오늘은

용주무당 불러
걸신乞神맞이 초입으로
액풀이 한마당 너스레로 어를까나.

겨울 삽화插畵 1

내 언 몸
뒤꼍에서
긴 겨울나기
장작을 팬다.

눈이 올라나
바람이 불라나.

겨울이 깊어지니
나목한천裸木寒天
늙은 감나무 빈 까치집엔
겨울 까치 쪼다 남은
홍시 하나

아아,
겨울 삽화로 걸린
얼굴뿐인
어머니
어머니!

겨울 삽화揷畵 2
—눈

어느 날
갑자기 사라진다 해도
어두운 허공에서
눈은 내려
펄,
펄,
펄,
내려서 쌓여
혁명군단革命群團의 반란叛亂처럼
모든 것이
하얗게 하얗게 지워지니
온 세상
깨끗한 무덤이 되네.

겨울 삽화揷畵 3

그믐달은
마을의 상여喪輿가 떠나기를 기다려
동구洞口 밖
늙은 팽나무 가지에 걸린 달.

아아,
그믐달처럼
사위어질 목숨

잠 안 와 밝은 새벽
겨울 창가에 앉으면
긴 눈 내릴 듯
긴 바람 불 듯

초록별 하나
높이 떠서
영嶺 너머 고갯길
상엿소리 듣는 달,

4부

꽃들의 반란反亂

비 온 다음 날 아침

비 온 다음 날 아침
담장 밖은
새들의 지저귐이
무척이나
먼,
동백나무 숲.

일만 평의 하늘과
솔개의 울음소리
붉은,
돌조각에
꽂히는 햇살의 지문指紋

흔들리는
가지 끝 꽃노을…

이명耳鳴

먼 마을
다듬이소리와
갓난아기들
울음소리와

지나가던 바람이
멈칫, 돌아서며
머뭇거렸을 뿐인데,

꼭두새벽
고개를 넘는
상엿소리
이명耳鳴…

묵화墨畵

꽃으로 치자면
구절초九節草.

마디마디 그리는 마음
꽃으로 하여
꽃 속의
네가 보인다면

나는 이 가을
꽃 마중 나온
만 갈래 바람이리.

그래도 봄은 봄이라고

오늘 하루
잘 지냈느냐고
바람이 건너가며
옷깃을
여며주네

마당에
뜰에
꽃들이 많이 피어
와글거리니

4월은
4월?
그래도 봄은 봄이라고
참새 두세 마리
노을빛 함께
돌담 위에 앉아
무어라
재재거리고 있네.

그리는 마음

오매불망寤寐不忘
그리는 마음이야
갈래 바람.

산에 들에
환히 피어
멀리 두고 바라만 보는
들꽃 같은 것이면

누구의 뒷모습이
저리 아름다울까
누가 앉았다 간 자리가
저리 환할까

그대는
내 앞에 타오르는
봄 아지랑이

그리는 마음은

그대를 향한
만 갈래 바람.

헛무덤

시신 없는 무덤을
아느냐.

물질 갔다 죽어
찾다 못 하면

바닷가 볕바른 곳에
입던 옷 몇 가지 묻어
꽃이라면
순비기꽃 몇 포기 심어라.

까마귀도 모르는
무덤,

바다가 그리운 날은
파도 소리 들으며
꽃은 피리니
그 앞에서는
누구도 그냥 서 있지 말고

울지도 말아라.

* 제주 잠녀들이 바다에서 물질하다가 숨을 놓쳐 시신을 찾을 수 없을 때는 입던 옷 몇 가지 묻어 시신을 대신했다.

흔적痕迹

이를테면
해와 달,
별들의 운행처럼
꽃길 바람길 쫓다가

밑줄을 그으며 쓰다만
내가 놓친
시詩의 행간에는
15촉 낡은 알전등의 밝기보다 희미한
잃어버린 날들의 눈물 자국 같은
흔적이 있다.

밤이면
시를 읽고
시를 쓰고
아침이면 산책길을 나서고 하는
내 사소한 일상이
일상이게 하는
첫 새벽,

잠을 깬 새들이
둥지를 떠나는
지금
그 날갯짓 소리
그리운…

꽃들의 반란叛亂

꽃의 생애는
빛깔과 향기
때로는 눈이 부시게
때로는 화려하게

망울 부퍼 터지는
꽃들의 화염으로는
누구도 화상火傷을
입은 적 없다.

봄비에 마음
젖지 않으려고
사월 들판에
꽃은 피어

들이 들이게 환해지는
꽃들의 반란은
규칙을 어긴 적 없다.

초저녁 눈썹달처럼은

그리운 이여!
내 어찌 그대로 하여
일찍이 그리움을 알았으리
돌아보면
멀리 두고 바라보는
호젓한 산마루
그대 마음 마중 나앉듯
저녁 창가에 뜨는
창백한
초저녁 눈썹달처럼은…

회광반조回光返照

꽃 지는 거 보려고
목련나무 그늘에 앉으니
아아,
꽃 지는 거
꽃 지는 거…

내 그리움이
그대 향한 마음에
꽃이기나 하고
눈물이기나 한다면

꽃이 지고 말면
마냥 섭섭해

꽃 진 가지 아래
바람인 듯
저녁 햇살인 듯
회광반조
흔들림만 남는다.

풀을 뽑으며

햇볕 좋은 날
마당에 앉아
풀을 뽑는다.

풀을 뽑는 일은
눈앞의 일이라
풀을 뽑다 보면
어쩔 수 없이
뽑혀야 하는 풀,

그런 풀들 중에는
하루살이
어린 풀꽃도 있어,
손이 닿자마자
파르르 몸을 떠니

어찌합니까,
하느님
오뉴월 땡볕이
너무 뜨겁습니다.

공원묘지公園墓地에서

돌담 위에
까마귀 한 마리 앉아
울고 있다.

까악 까악 까옥…

허리 굽혀
무덤가에 파릇파릇 돋아나는
풀꽃들 굽어보며
눈길 마주칠 때마다
머리 숙여
서산西山에 지는 해 바라보며
까옥거리다가

노을빛 쪼아 물고
어디론가 날아가고 나면
공원묘지에는
풀벌레 울음소리와
나뿐,

횅하게 뚫린
하늘의 구멍 속으로
푸른 별들이
하나둘 빠져나와
내 귀갓길을 돕는다.

낮술

가을비
추적이는 날
한무덤골 주막거리
목로에 앉아
술을 마신다.

지난밤
놓친 시의 행간을
생각하다가
무엇을 쓰고 무엇을 지울까
생각하다가

누가 그려 보낸
엽서 같은
가랑잎 듣는 소리에 마음 빼앗겨
술 몇 잔 하다 보면

창밖에 붉어지는
가을 빗소리
나 또한 깊은 병病 앓겠네.

초승달

하늘
가는
기러기 떼

마을의 불빛들
아슴아슴한 저녁,

멀리
밥 짓는 냄새와
솥뚜껑 여닫는 소리와

귀갓길에서 만난
늙은 농부農夫의
얼굴 같은
달.

눈썹달.

빈자일등貧者一燈

새들도
숨을 거둘 때는
짹, 한다는데

은자隱者여!
빈자일등貧者一燈

내 생의 마지막 날
마음의 창에
달아놓을
등불 같은
시詩 한 편 쓰고 싶다.

지는 해 고요히 서서 들어

상수리 나뭇가지 하나
담장 너머로
허공을
휘젓고 있다.

시를 읽다 보면
우리 집에서는
그 우듬지만 보인다.

오며 가며
우듬지에 모여서 우는
풀 바람 소리
지는 해 고요히
서서 들어…

5부

이 시대의 이름으로 그대를 부르노라

영실靈室 소나무

영실 벼랑에
늙은 소나무 한 그루
젊은 날
내가 그리던
시인詩人 같다.

존자암尊者庵 절터에
달이 뜨면
솔바람 소리로
마음을 빗고,

계곡물에
발을 담그고 앉아
오백나한五百羅漢 물그림자나
굽어보다가
발을 씻고 가는

영실 소나무는
오로지

낙락장송落落長松
푸른 소나무로서만 산다.

나무에게

나무는
어찌하여 해마다
꽃을 피우고
하늘의 별들은
밤마다 저리
반짝이는가.

불어오는 바람에도
불고 가는 바람에도
나무는 나무라서
꽃을 더하고
어둠이 깊을수록
별은 빛나니

사는 일이
저 같은 것이면
오늘은
큰 나무 곁에 서서
꽃 피는 소리 들으랴
별의 꿈을 꾸랴.

여름밤

내가 앉을
자리 하나 없구나.

불빛 아래 붐비는 하루살이 떼…

밤이 깊을수록
별들의 공연무대가
찬란燦爛쿠나.

이슬

햇빛이 닿으면
반짝 빛나고 마는
딱 한 번만
영원永遠할 수 있다면

이슬로 치자면
아침 이슬,

아아,
절망 같은 사랑
해봤으면…

먼 사람

곁에 있어도
그리운
사람

없으면
병病이 되는
아픔이 되는

내가 참으로
사랑했던
그 사람

아아,
가깝고도
먼
사람.

섬쑥부쟁이

섬쑥부쟁이 꽃은
왜, 바닷가
자갈밭에서만 피는가.

섬쑥부쟁이는
왜, 바닷가
벼랑 위에서만
꽃을 피워야 하는가.

오늘은
저 하늘이
쾌청快晴,
하고 싶은 말이 있나 보다.

밀려오는 파도 소리와
갯바닥을 구르는 자갈 소리 합하여
쑥부쟁이 꽃
하얗게 피니

한 음자리 높은
바다의 교향시交響詩 같은
들어야
슬픈 섬 이야기가
있나 보다.

인연因緣

옷깃을 스쳐도
인연,
살을 섞으면
천생연분天生緣分,
인연의 끈을 놓치면
나락奈落.

낳고 죽음이
인연의 것이니
윤회의 행간에서
만나게 되는 구두점 같은
종결어미終結語尾.

꽃을 흔들고 가는
바람은
또 어디서 오는 걸까.

바다는 없고
수평선水平線만 있는

어딘가에
나의 인연은

고향 같은 그리움이 있어
내가 당신이
여기저기
이어도를 만들고,
제주 섬을 만들고 있다.

등藤나무 아래서

오월五月은
뜨거운 태양 아래
등꽃이 피는 달
지는 달.

등藤나무 그늘에 앉으면
그 난리亂離통에
나는 열 살
소년少年,

등나무 아래
굴을 파고
숨어 산 일 생각이 난다.
달밤이면
달빛보다 밝은
등나무 그늘에 앉으면

베개 밑에
칼 한 자루 묻어 두고
함부로 노怒한 일
생각이 난다.

방생放生

누구라 같이 있으면
나는
그 절반이다가
혼자 있으면
완전한 하나가 되어
어디에 있어도
나는 없다.

오오,
늙은 비애悲哀여
삶이 다하는 날
내 영혼靈魂은
영원永遠을 나는
새,

그 날갯짓 소리
그리운
나의 방생은
저 많은 별들 중에
어느 별에게로 가서
반짝이리.

갈대밭에서

하늘 푸르니
축복인가
착각인가

물그림자나
굽어보다가
물그림자로 뜨는
갈대꽃 꽃잎이나
굽어보다가

갈대꽃이 지거든
다시 오마
멀리서 바라보다가
차마
무슨 슬픈 생각했을 리야…

갈대밭을
나올 때는
나보다

휘적거리니

바람보다
저 가벼운 흔들림을
시詩라 하면
어떨까 몰라…

이 시대의 이름으로 그대를 부르노라

— 제주도 예술사 60년 발간에 부쳐

그대가 우리의 꽃밭이라면
우리는 그 꽃밭에서
피어나는 꽃.
그대가 우리의 봄 동산이라면
우리는 그 봄 동산에서
피어나는
봄 아지랑이.

그 눈빛이
우리의 기쁨을 사르고
그 몸짓이
우리의 가슴을 달구는
미美와 조화調和로써
그 창조創造
그 융합融合
그 영광榮光
아름답고 빛나는 세상 만들기

이 시대의 이름으로

그대를 부르노라!
“우리의 부력富力은
우리의 생활을 풍족豊足하게 할 만하고,
우리의 강력强力은
남의 침략侵略을 막을 만하니
오직 가지고 싶은 것은
문화文化의 힘이다.”

그대가 우리의 호수라면
우리는 그 호수 위를
나는 물떼새
그대가 우리의 하늘이라면
우리는 그 하늘에
걸린 무지개.
그대가 우리의 들녘이라면
우리는 그 들녘에서
부는 바람…

* 백범 어록에서 인용.

빛바랜 사진 한 장
—『제주사진사濟州寫眞史』 발간에 부쳐

내가 맨 처음 사진을 찍은 것은 1950년 3월, 벚꽃이 한창인, 햇살이 따뜻한 봄날이었다. 초등학교 졸업기념 사진, 그 속에는 37명의 어린 학생들과 일곱 분의 선생님, 그리고 마을 이장과 두 분의 경찰관이 앉아 있다.

제주 4 · 3사태가 막바지로 치닫고 있을 무렵, 텃밭에 굴을 파고 숨어 살면서, 궤짝 속에 숨겨 두었던 빛바랜 추억의 흑백 사진 한 장, 71년이 흐른 지금, 아득한 옛날 그 사진을 더듬으며 나를 찾노라니, 까만 모자를 쓰고 가슴에 이름표를 단 어린 내가 백발이 성성한 나를 바라보며, 벚나무 아래서, 벚꽃처럼 환하게 웃고 있는 게 좋았다.

* 제주 4 · 3사태 : 1947년 3월 1일을 기점으로 1947년 4월 1일 소요사태 발생, 1954년 9월 21일 진압.

■ 해설

한기팔 시의 화자 양상과 그 의의

김 지 연(시인 · 문학박사)

1. 머리말

한기팔은 1975년 1월 『心象』지를 통해 등단한 뒤, 시집 8권을 출간하는 등 왕성한 창작활동을 이어왔다.[1] 그는 문학인 양성과 서귀포 지역 문단 개척으로 예술 발전의 선험적 역할을 해왔을 뿐만 아니라, 1975년 예총 서귀포 지부장을 비롯하여 2008년 (사)한국시인협회 이사에 이르기까지 많은 직책을 역임하였다. 이와 같이 다방면에 걸친 문학 활동의 성과를 인정받아 그는 1984년 제주도 문화상(예술부문)을 수상하기도 하였다.

한기팔에 대해, 향토 문학의 경쟁력을 제고하였다거나

1) 한기팔 시집은 첫시집 『서귀포』(심상사, 1978)을 비롯하여 제2시집 『불을 지피며』(심상사, 1983), 제3시집 『마라도』(문학세계사, 1988), 제4시집 『풀잎소리 서러운 날』(시와시학사, 1994), 제5시집 『바람의 초상』(시와시학사, 1999), 제6시집 『말과 침묵 사이』(모아드림, 2002), 제7시집 『별의 방목』(서정시학, 2008), 『순비기꽃』(서정시학, 2013) 등 8권이 있다.

문학 저변 확대에 이바지하였다는 등 긍정적 평가들이 존재한다. 그럼에도 불구하고 그의 시세계에 대해서는 시집 해설 형식을 위시한 논의가 간헐적으로 이루어져 왔을 뿐, 본격적 연구 성과물이 거의 축적되지 않아 아쉬움을 남긴다. 한기팔 시의 기존 논의들은 그가 자연친화적 감수성을 바탕으로 하여 자연물을 작품 소재로 많이 사용한다는 데 대체로 공통된 의견을 보인다. 기존 자료들의 논의 방향을 세 갈래 정도로 분류할 수 있는데, 자연의 직관적 인식,[2] 형이상학적 주제,[3] 언어와 시적 감성에 대한 논의[4] 등이 그것이다.

이 논문은 한기팔 시세계를 구명하는 기초 작업으로서, 출간된 한기팔의 시집들을 텍스트로 삼아 그의 시세계를 탐색해 나간다. 연구 대상이 광범위하므로 본고에서는 그의 시에 등장하는 주요 소재들을 대상으로 하여 논의를 진행하고자 한다. 한기팔 시의 주요 소재는 '고향의 자연', '역사적 현실', '교류 예술가' 등이다. 이 소재들에 초점을 맞춰 한기팔 시의 화자와 그 의의를 짚어나갈 것이다.

2) 김병택, 「직관 대상으로서의 자연」, 『제주 현대문학사』, 앞의 글; 유시욱, 「'적막한 旅程'에 핀 꽃의 의미」, 한기팔, 『풀잎소리 서러운 날』, 앞의 글.

3) 송상일, 「銀錢 한 닢의 詩的 무게-한기팔론」, 한기팔, 『불을 지피며』, 앞의 글; 김신정, 「어둠에서 길어 올린 빛의 언어」, 한기팔, 『말과 침묵 사이』, 앞의 글.

4) 이건청, 「감성적 언어와 화해의 정신-한기팔의 시세계」, 한기팔, 『마라도』, 앞의 글.

시인은 테마에 따라 화자를 선택하고 그에 어울리는 상황과 함께 시간적 · 공간적 배경을 부여한다. 서정시의 화자란 의미적 국면의 주체라고 할 수 있다. 화자는 주제의 구현자로서 스토리를 전개해나간다. 따라서, 한기팔 시의 화자를 구명하는 일은 그 시세계를 이해하고 창작론적 의의를 밝히는 단서가 되리라 본다. 본고에서는 허구적 화자, 자전적 화자, 함축적 화자 등 화자 유형을 세 가지로 나누어 이들 화자가 작품 속에서 어떻게 드러나는지 살펴볼 것이다.[5)]

본문에서 논의할 내용은 다음과 같다. 첫째, '대상화된 자연'에서는 한기팔 시에 드러나는 고향의 자연을 대상으로 하여 작품에 드러나는 허구적 화자의 의미를 살펴본다. 둘째, '제주 4 · 3, 재구성된 역사'에서는 한기팔 시인이 직접 체험한 제주 4 · 3의 역사적 사건을 소재로 다룬 작품들에 드러나는 화자의 변용 양상과 그 의미를 살펴보게 된다. 셋째, '정서의 객관화'에서는 한기팔 시

---

5) 본고에서는 장도준의 화자 유형을 참고하고 있다. 장도준은 화자 유형을 크게 현상적 화자와 함축적 화자로 나눈 뒤, 전자는 허구적 주체로서의 화자, 시인의 시점을 한 화자, 허구적 객체로서의 화자 등으로 나누고, 후자는 함축적 시인의 시각, 객관적 제시형 등으로 나누고 있다. 그런데 본고의 '허구적 화자'는 장도준의 '허구적 주체로서의 화자'와는 달리, 표면에 드러나지 않으며 시인 자신과 분리되어 제시된 허구적 주체이다. 본고의 '자전적 화자'는 화자가 시인 자신의 목소리인 듯 시인의 시점을 빌려 발화하는 장도준의 '시인의 시점을 한 화자' 개념과 유사하다. '함축적 화자'는 표면에 드러나지 않으면서도 함축된 시인의 시각을 반영한다는 점에서 장도준의 '함축적 시인의 시각'과 유사하다.(장도준, 『현대시론』, 태학사, 2008, 195~210쪽 참고)

인이 교류 예술가들을 제재로 다룬 작품들에서 차용된 화자의 사례와 그 의미를 살펴본다. 이와 같은 논의를 통하여 한기팔 시의 의의를 밝히는 작업은 물론, 나아가 향후 이어질 한기팔 시세계 연구의 초석을 다지는 데 일조하게 되기를 기대한다.

2. 허구적 화자의 대상화된 자연

짧은 운문으로부터 터져 나오는 강한 울림이 있다. 이것을 시의 정수라 해도 그리 틀림이 없을 것이다. 누군가는 시의 리듬을 통해 누군가는 메시지를 통해 독자의 가슴에 파고든다. 한기팔은 이미지를 통해 독자들과 소통하고자 한다. 이미지를 읽는다는 것은 그의 시를 이해한다는 의미이며, 그 시세계의 여정에 동참한다는 의미이기도 하다. 이러한 한기팔 시의 성격은 무엇보다도 그의 회화적 특장에서 기인한다고 볼 수 있다. 그 스스로 자신의 천직을 시인이라 말하지만, 그의 작업실에서는 시뿐만 아니라 그가 직접 그린 그림들을 쉽게 발견할 수 있다. 이미지란 '언어로 짠 그림'이라는 루이스(C.D. Lewis)의 지적처럼, 한기팔 시의 이미지는 시와 그림의 경계를 허문다.

— 왁자지껄.
폭음이 멎은
흔들리는 나뭇가지 사이로
Dome型의 건물 하나
퉁겨져 있다.
城廓을 벗어난 병사들의
行列이 보이고
江물이 되어 살다간 사람들이
하늘에서 내려온다.

—「노을 1」[6] 전문

둑 위에서
바람이
나뭇가지를 흔들고 있다.

흔들리는 가지 사이로
炎天의 바다가
갈대꽃을 날리고 있다.

갈대꽃
날아간
자리
타다 남은 불티 하나
꺼질 듯이

6) 한기팔, 『西歸浦』, 심상사, 1978, 34쪽.

서쪽 하늘로
날고 있다.

—「遠景」[7] 전문

한기팔 시에 가장 많이 등장하는 소재는 고향의 자연이다. 전통적 자연시의 경우, '화자 즉 시적 자아와 자연의 합일'이 도출되는 것을 흔히 볼 수 있다. 그런데 한기팔의 시는 화자와 자연이 구별된다는 점에서 그와 다른 면모를 보인다. 작품 속 자연 이미지가 화자와 동떨어진 채 관념적 세계를 투영하고 있으므로 그 이미지들은 상상력 층위의 해석을 필요로 한다.

「노을 1」에서 화자는 '노을'을 통해 건물 이미지를 이끌어내고 있다. 더구나 이것은 'Dome型'의 이국적 형태를 띤다. 그리스 신화에서나 나올 법한 'Dome型의 건물'이 노을에 오버랩되는 것이다. 그러므로 그 건물의 '城廓을 벗어난 병사들'은 신화적 상상력에서 비롯된 존재들이다. 이들은 8행의 '江물이 되어 살다간 사람들'과 대척점에 놓이게 된다. 이 작품에 드러나는 화자의 시선은 상하의 수직적 구조를 띠고 있다. 'Dome型의 건물'에 투영된 비현실과 상상력의 초월적 공간 그리고 '江물이 되어 살다간 사람들'에 투영된 현실 공간이 그것이다. 화자는 이 두 가지 대립적이고 이질적인 이미지들을 혼융하여 새로운 '노을' 이미지를 그려낸다. 화자는 현실로부터 물러나

7) 한기팔, 위의 시집, 40~41쪽.

자연을 응시하면서 그 이미지를 작품 속에 형상화하고 있다. 현실과 비현실을 정확히 인지하고 관조할 수 있는 지점, 바로 이 지점이 허구적 화자의 위치인 셈이다.

눈여겨볼 것은, 작품 속 화자와 시인이 분리됨으로써 고향의 자연이 생활에 밀착된 장소로 묘사되지 않는다는 사실이다. 한기팔 시의 자연 이미지는 '생활공간'이라기보다 현실과 거리가 먼 '풍경'에 가깝다. 위의 시 「遠景」은 그 제목에서조차 화자가 응시하고 있는 자연이 그에게서 멀찍이 벗어나 있음을 짐작게 된다. 이 대상화된 자연은 '遠景'의 사전적 의미 그대로 멀리 보이는 풍경에 지나지 않는다. 화자는 먼발치에서 자연을 바라보며 풍경 속 이미지들을 차례차례 화폭에 옮겨놓듯이 형상화하고 있다. 여기에는 자연과 어울려 살아가는 사람의 모습이 드러나지 않는다. 대신에 '둑', '바람', '나뭇가지', '바다', '갈대꽃', '하늘'이 그들 스스로 원경의 조화를 이루고 있다. 이로 인해 화자는 이 풍경을 관조하는 존재로서 자리매김하게 된다. 화자는 그 풍경에 개입하지 않을 뿐만 아니라, 마침내 그 풍경으로부터 자신을 소거하기에 이른다.

귤꽃은 지고
노을이 남는다.

저무는 江둑에서

멀리
불빛을 보듯

젖은 빛보라 속에
가지 끝이 흔들리는 것이 보인다.

꺼져 내리는 것은
神의 바다.

—「橘꽃은 지고」[8] 전문

한기팔의 고향은 서귀포이다. 이 고향의 대표적인 농산물이 귤이며, 한기팔 역시 수필을 통해 자신이 귤농사를 짓고 있음을 밝힌 바 있다. 따라서 「橘꽃은 지고」는 고향 농촌의 이미지를 형상화한 것이라 볼 수 있다. 농부들은 귤꽃이 피는 시기를 전후로 하여 비료와 거름을 주고 해충 방제 작업을 하는 등 수확기 못지않게 분주한 일상을 보낸다. 농부의 시선으로 본다면, 귤꽃이 진다는 것은 단순히 낙화만을 의미하는 것이 아니다. 꽃이 짐으로써 비로소 열매가 맺힌다는 더 중요한 의미를 내포하는 것이다. 그러므로 귤꽃의 낙화 현상은 꽃잎이 지는 데서 오는 애상적인 분위기라기보다, 결실로 이어지는 희망적 정서로 이해하는 편이 옳다. "꽃은 아름다움의 상징인 동시에 새로움의 상징"[9]이기 때문이다. 이런 맥

8) 한기팔, 『西歸浦』, 앞의 시집, 83쪽.
9) 아지자 · 올리비에리 · 스크트릭 공저, 장영수 옮김, 『문학의 상징 · 주

락에서, 이 작품에 그려진 농촌의 모습은 일반적인 귤농가와 달리 매우 이질적인 분위기를 드러낸다고 할 수 있다. 작품 속 화자는 낙화 현상을 통해 결실의 보람이나 수확에 대한 기대를 드러내지 않는다. 다만 몇 걸음 물러나 객관적 거리를 유지한 채 그것을 관조하고 있을 따름이다. 이 작품의 화자는 시인 자신에게서 분리된 허구적 자아이다. 그러기에 화자의 눈에 비친 것은 농부의 귤농장이 아니라 "神의 바다"인 것이다.

전술한 것처럼 한기팔의 작품에는 시인과 분리되어 시적 대상에 대해 관조적인 태도를 취하는 허구적 화자가 주로 등장한다. 그 결과 형성된 관찰과 조응의 거리로 인해 그의 시에는 대상화된 자연 이미지들이 드러난다. 자연히 그의 작품에 형상화된 고향의 자연은 생활에 밀착되지 않은 채 객체적 대상으로서만 놓여 있게 된다. 이와 같은 사실은 시인의 회화적 특성과도 관련지어 생각할 수 있다. 화자가 정물을 바라보듯 자연 대상과 일정한 거리를 유지하고 있기 때문이다.

한기팔 시에 등장하는 허구적 화자는 중립적이고 객관적 자세를 취함으로써 시어의 엄결성을 견지하는 데에도 기여하였다고 평가할 수 있다.[10] 이 엄결성이 작품 속

제 사전』, 청하, 1997, 184쪽.

10) 한기팔은 "가장 적절한 시어의 사용으로서 시의 미학적 함축성"을 강조한다. 적절한 시어야말로 시의 가치를 드러내는 주요 요소라는 사실을 인지하고 있는 것이다(한기팔, 「시여, 어느 외진 길목에 뜨는 별처럼」, 『별의 방목』, 서정시학, 2008, 122쪽 참고)

이미지를 구현하는 데 있어서 시어의 적확한 선택과 섬세한 운용을 가리킨다는 것은 재론의 여지가 없다.

3. 화자의 변용을 통한 역사의 재구성

시인은 자신을 둘러싼 세계에 대해 탐구하고 시를 통해 이것을 재구성해낸다. 시인이 경험한 외부세계의 인상과 이로 인해 생겨난 트라우마는 작품의 주요 소재이자 주제로 다루어져왔다. 한기팔은 일제 치하를 겪었을 뿐만 아니라 광복과 그 이후 역사의 격랑기를 직접 체험하였다. 따라서 그 역사적 체험들 역시 작품 속에 형상화되고 있는데, 그중에서도 특히 제주 4 · 3의 체험은 그의 시세계를 관통하는 얼개를 드러낸다.

밤마다 나는 꿈을 꾸었다.
말하자면 四 · 三 暴動 때
최영방 노인은 마을로 내려와
칼을 갈았다. 내가 죽으면
이 칼로 아들을 베어 달라고
갈리는 칼이 무디다고 휙휙
허공을 베었다.
그러던 어느날 하늘에는
소리개 한 마리 떠 있었다.

소리개 눈에는 피가 흐르고 최영방
노인의 울먹이는 소리가 가끔
산을 넘어 하늘에 붉게 붉게
번져나곤 하였다.

—「안개 4」[11] 전문

나는 모른다고 한다.
모른다고 모른다고 한다.
바람앞에서
모른다고 하고
풀잎소리에도 모른다고 한다.

그 난리통에
나는 열 살 박이 少年
산사람들이 내려와
반장집이 어디냐 區長집이 어디냐 물으면
모른다고 하고
討伐隊가 와서
이 동네에는 산으로 간 사람이 없느냐고 물으면
모른다고 모른다고만 했다.

—「나는 모른다고 한다」[12] 부분

「안개 4」는 최영방 노인의 실제 이야기를 소재로 한 작

11) 한기팔, 『마라도』, 앞의 시집, 13쪽.
12) 한기팔, 『풀잎소리 서러운 날』, 시와시학사, 1994, 52쪽.

품이다. 최영방 노인은 아들 따라 입산했다가 귀순한 뒤 마을에서 토벌에 쓰일 칼과 창을 만들던 인물이었다. 결국 아들이 마을 사람들에게 잡혀왔을 때, 그는 자신이 만든 칼로 아들을 베어달라며 오열했다고 한다.[13)]

이 최영방 노인의 일화가 시인의 뇌리에는 깊이 각인되어 있었던 듯하다. 시인은 자전적 화자의 목소리를 통해 그 기억을 떠올리고 있다. 주목할 만한 점은, 이 작품의 자전적 화자가 작품 표면에 모습을 드러내지 않는다는 사실이다. 단지 밤마다 꿈을 꾸는 주체로서만 슬쩍 언급될 따름이다. 바슐라르에 의하면 우리가 몽상 속에서 유년시절을 되찾으려 할 때, 우리는 역사와 전설의 경계 속에서 꿈을 꾸게 된다고 한다. 또한, 몽상을 통해 기억의 저장소까지 가려면 사실을 넘어서서 가치를 재발견해야 한다고 지적한다.[14)] 하지만 이 작품 속에서 자전적 화자가 꿈을 통해 다가간 유년의 기억은 공포스러운 화면으로 채워져 있다. 화자의 눈에 비친 제주 4 · 3은 토벌대와 무장대 그 어느 쪽으로 시선을 돌리든 '暴動'에 지나지 않는다. 피 흘리는 소리개와 울먹이는 노인의 환영에 가위 눌린 화자는 '사실을 넘어 가치를 재발견'하는 대신, 가치 판단을 보류한 채 '꿈'의 이름으로 그

---

13) 한기팔, 자전적 이야기 「창이란 창을 모두 열어 놓고」, 『心象』, 1994년 1월호 참고.

14) 가스똥 바슐라르, 김현 옮김, 『몽상의 詩學』, 홍성신서, 1986, 115~119쪽 참고.

것을 덮어버린다.

「나는 모른다고 한다」에 등장하는 자전적 화자는 '열 살 박이 少年'이다. 제주 4 · 3의 '난리통'에 무력한 소년은 어떤 질문을 받더라도 모른다고 대답할 따름이다. 납득할 수 없었던 4 · 3의 폭거는 소년을 점점 그 현실로부터 도망치게 만들었다. 소년은 생존하기 위해 회피의 방식을 터득하게 된다. 부당한 사회적 원인에 의해서 지속적으로 고통을 느끼지만 이 상황을 개인이나 집단의 힘으로 개선할 가능성이 없을 때 '한의 정서가 나타난다.[15] 이렇게 작품 속 어린 화자의 트라우마는 '한(恨)'의 성격을 띤다. 비록 개인에게서 발현된다 할지라도 그것은 이미 집단적 차원의 폭력이자 트라우마라는 양면성을 내포하고 있다. 그 희생양으로서 등장하는 자전적 화자가 '열 살 박이 少年'이라는 데서, 그 비극은 독자들에게 더욱 무겁고 깊게 다가간다. 항거불능의 집단적 폭거는 도저히 종식시키거나 개선할 수 없는 성격의 것이다. 이로 인해 어린 화자는 "모른다"라는 회피의 방식으로 그 상황을 견뎌낼 수밖에 없었던 것이다.

> 긴 봄날
> 四月 어느날.

---

15) 권정우, 「박재삼 시에 나타난 슬픔 연구」, 『한국시학연구』 제37호, 2013.8, 72쪽 참고.

그 섬에 冬柏꽃 지다.

순간
옆 모습으로 잡은
사진 한 장
바람에 날아가듯

夕陽도 붉은
한무덤골 봉심이네 집
누가 불을 질렀다는
소문이었다.

—「섬, 寓話 1」[16] 전문

자전적 화자에게서 역사적 현실의 '회피'가 드러난다면, 함축적 화자에게서는 역사적 현실에 대해 다른 양상이 드러나는 것을 확인할 수 있다.「섬, 寓話 1」의 함축적 화자는 담담히 4·3의 현실을 바라보고 있다. 이때 화자의 목소리에는 앞서 살펴본 자전적 화자들의 고통이나 슬픔, 트라우마가 들어 있지 않다. 이 작품의 화자는 4·3의 아픔을 절제된 비유로써 형상화하고 있다. 2연에서 4·3의 비극은 "그 섬에 冬柏꽃 지다"라는 간결한 나레이션을 통해 갈무리된다. 화자는 붉은 동백꽃이 뚝뚝 지는 모습에 4·3의 비극적 참상과 죽음들을 빗대어

16) 한기팔,『순비기꽃』, 서정시학, 2013, 92쪽.

말하지 않는다. 과도한 감정이입 대신 한 발짝 물러선 나레이션으로 그 슬픔을 정리해낸다. 지나간 아픔를 담담히 들여다보고 정리한다는 건 그 역사적 현실을 수용한 뒤에나 비로소 나올 수 있는 행위이다. 이제는 그것을 "옆 모습으로 잡은 사진 한 장"처럼 기억 속에서 꺼내 볼 수 있게 된 것이다. 그러기에 화자는 '한무덤골 봉심이네 집을 태우던 불길'마저 '寓話'의 한 장면으로 재구성하기에 이른다.

마파람 불면
마파람 함께 놀고
하늬바람 불면
하늬바람 함께 논다.

그 바람자락에 나앉은
제주 4 · 3
精靈들 같은
이 가을 들녘에
억새꽃 지천으로 피었는데

하늘이 저토록 높푸르니
저산 더래 꾸벅꾸벅
햇빛이 이처럼 淸明하니
이산 더래 꾸벅꾸벅……

和解와 相生으로
지레 피어난
눈부신 和答이었다.

—「한라산 억새꽃」[17] 전문

위에서 수용된 역사적 현실은 「한라산 억새꽃」에 이르러 미래 지향의 메시지로 현현된다. 이 작품의 함축적 화자는 억새꽃을 통해 4 · 3의 아픔을 새롭게 해석하고 있다. 1연에서 억새꽃은 "마파람 불면 마파람 함께", "하늬바람 불면 하늬바람 함께" 결대로 어울리는 존재로 그려진다. 그런데 2연에서 이들은 가을 들녘에 나앉은 '제주 4 · 3 精靈들'과 이미지가 오버랩된다. 다시 말해, 함축적 화자의 눈에 비친 '한라산 억새꽃'은 '제주 4 · 3 精靈들'과 다르지 않다. 한라산 등성이에 지천으로 피어난 억새꽃들이야말로, 거대한 사회적 폭거 속에서 이유도 모른 채 허망하게 죽어간 이름 없는 이들을 꼭 닮아 있기 때문이다.

3연에서 "저산 더래 꾸벅꾸벅", "이산 더래 꾸벅꾸벅"이라는 비유는 억새꽃이 바람에 흔들리는 모양을 표현한 것이다. 그런데 이때의 억새꽃은 단순히 사전적 의미의 억새꽃이 아니다. 억새꽃의 흔들림을 조는 모습으로 형상화한 이 표현은, '제주 4 · 3 精靈들'을 대변하면서

17) 한기팔, 『순비기꽃』, 앞의 시집, 66~67쪽.

중의적 의미를 내포하게 된다. 제주 4 · 3이라는 사회적 폭거 앞에서 무기력하게 희생되었을 뿐만 아니라 그 엄청난 트라우마에 갇혀 오랫동안 경직되었던 제주인들. 그러기에 한라산 억새꽃이 꾸벅꾸벅 조는 풍경은 제주 4 · 3의 트라우마를 훌훌 털어낸 평화로움을 보여준다. 이 평화로움은 단지 꾸벅꾸벅 조는 듯 흔들리는 억새꽃 자신에게만 국한되지 않는다. 억새꽃에 오버랩된 '제주 4 · 3 精靈들'을 바라보는 함축적 화자에게도 평화가 전이된다. 그것은 서로의 가슴에 응어리져 있었던 역사적 상처를 무심히 털어내는 해원의 춤사위인 셈이다. 마지막 연에 이르러 평화의 실체가 드러난다. 수십 년 동안 남아 있던 집단적 트라우마를 치유하는 방법은 거대한 포즈나 유려한 헌사 따위가 아니다. 그것은 다만 억새꽃이 바람결대로 '꾸벅꾸벅' 흔들리며 서로에게 '和答'하듯, 스스럼없이 기대어 서로에게 마음을 여는 어울림에서 비롯되는 것이다. '和解'와 '相生'을 통한 트라우마의 승화이다.

한기팔 시에서 제주 4 · 3의 역사는 화자의 운용을 통해 새롭게 재구성되고 있다. 시인이 소년 시절 실제 체험을 바탕으로 쓰여졌으므로, 작품 속에는 자연스럽게 유년의 시적 자아 즉 자전적 화자가 등장한다. 기억을 통해 떠올린 4 · 3은 자전적 화자에게 공포스러운 기억으로 채워져 있다. 그 부당한 현실을 개인의 힘으로는 도저히 개선할 수 없는 벽에 부딪힘으로써 나약한 시적 자아에게는 '한(恨)'의 정서가 드러나게 된다. 자전적 화자는 때로 "모른다"라고 그 현실을 외면하거나 '꿈'의 방식으로 4 · 3사건을 재구성하는 등 회피의 자세를 취하게 된다.

자전적 화자에게서 역사적 현실의 '회피'가 드러난다면, 함축적 화자에게서는 그것과 다른 양상이 드러난다. 함축적 화자는 작품 속에서 과거의 비극적 참상을 헤집거나 고발하는 대신, 제주 4 · 3의 역사적 상처를 객관적으로 응시함으로써 차분히 정리하고 수용하는 태도를 보여준다. 이러한 자세는 「한라산 억새꽃」에 이르러, 마침내 서로의 가슴에 응어리져 있었던 역사적 상처를 털고 일어서는 해원의 춤사위로 형상화된다. 바람결대로 '꾸벅꾸벅' 흔들리며 서로에게 '和答'하는 억새꽃의 자연스러움, 이것이 바로 시인이 보여주고자 한 '和解'와 '相生'을 통한 트라우마의 승화이다.

4. 함축적 화자와 정서의 객관화

교류 예술가를 제재로 삼은 한기팔 시의 경우 대부분 함축적 화자가 등장한다. 시인이 평소 돈독했던 문인들을 제재로 다루는 데 있어서 함축적 화자를 차용한 점은 그 창작적 방법의 측면에서도 흥미로운 일이다. 앞서 논의한 '대상화된 자연'이 주로 시적 대상에 대한 화자의 자세를 가리킨다면, 이 장에서 논의되는 내용은 화자와 대상 사이의 정서적 측면에 관한 것이다.

주지하듯이, 시인은 작품 속에서 화자를 통해 제재를 신중히 이끌어내는데 이 과정에서 화자와 그 제재 사이에 '거리'가 형성된다. 이에 대해 블로흐(E. Bullough)는 감상자가 미적 관조의 대상으로부터 자신을 분리시킴으로써 심리적 거리(psychic distance)가 생겨난다고 설명하였다.[18] 다시 말해, 이 심리적 거리는 시간적 · 공간적 거리 개념이 아니라 내면적 거리로서 "감상자가 자기의 사적이고 공리적인 관심을 버리는 심적 상태"[19]를 뜻한다. 다음 시에 드러난 화자(시적 자아)와 대상 사이 심리적 거리를 살펴보자.

마당귀에
바람을 놓고

橘꽃
흐드러져

하얀 날
파도소리 들으며

18) Edward Bullough, *Psychical Distance as a Factor in Art and Aesthetic Principle*, p.94(김준오, 『詩論』, 삼지원, 1991, p.247에서 재인용)
19) 김준오, 위의 책, p.248.

긴 편지를 쓴다.

—「西歸浦 2」[20] 전문

머락하노
江나루 건너편 이쪽은
빈 들

구름에 달 가리듯
오늘은 龍井에 들러
밤낚시 디룬다.

가진 것도 버릴 것도 없이
바라보는
밤구름

기어이 떠나야 할 곳이라면
떠나서는 더욱 더 외로운 곳이라면

머락하노
손 흔들면 내다보이는
청모시 옷고름

—「구름에 달 가리듯」[21] 전문

20) 한기팔, 『西歸浦』, 앞의 시집, 87쪽.
21) 한기팔, 『불을 지피며』, 심상사, 1983, 14~15쪽.

「西歸浦 2」는 한기팔이 박용래에게 보낸 시이다. 두 사람은 서로의 이름 한 글자씩 따서 '龍八 형제'라는 별명을 얻을 만큼 각별한 사이였다.[22] 박목월 시인의 장지에 다녀온 후, 박용래는 아쉬운 이별을 위무하며 한기팔에게 편지를 보냈다.[23] 이 작품은 한기팔이 그 답신으로 띄운 것이다. 여기에는 특이하게도 3연의 "긴 편지를 쓴다"라고 명시된 행위 주체가 소거되어 있다. 이로 인해 이 행위는 서정적 자아의 행위가 아니라, 함축적 화자에 의해 관찰되는 장면으로 치환된다. 이 작품 1연의 '바람', 2연의 '귤꽃', 3연의 '편지 쓰는 행위'는 서로 연계되지 않은 채 일체의 감정적 동요 없이 나열되어 있다. 더구나 시의 내용을 들여다보면, 박목월 시인 타계의 슬픔을 토로하는 감성적 편지에 대한 답신이라기엔 다소 돌연하게 느껴진다. 시 내용 어디에도 보내온 편지에 호응하는 소회가 드러나지 않기 때문이다.

이 작품의 함축적 화자는 대상에 대한 개입 없이 그것을 건조하게 바라보기만 하는 입장을 취한다. 이러한 방식을 통하여, 박용래는 물론 타계한 박목월에 대해서도

22) 한기팔, 「내가 때때로 수평선이 되어 선 하나로 뜰 때」, 『心象』, 1994년 4월호, 150~154쪽 참고.

23) 박용래의 편지는 "한기팔 詩兄 꽃이 지고 있겠죠, 물 위에. 兄은 굽어 보고 있겠죠. 무사히 귀향했습니까. 나는 그날 호남선 막차를 타고 왔어요. 인적이 드문 밤 驛頭에 내리니 슬픔이 여뷴처럼 보슬비가 오고 있더군요. 허다한 말씀 줄이압고 앞으로 오직 좋은 시를 쓰는 길만이 작고하신 木月 선생님에 대한 예절이라 믿고 마음을 가다듬고 있습니다…"라고 시작된다.

감정을 드러내지 않고 있다. 함축적 화자로 인해 화자와 시적 대상 사이에 심리적으로 먼 거리가 형성됨으로써, 범람할 수 있는 감정의 분출을 제어하는 효과를 가져온 셈이다.

시적 대상에 대한 감정 억제는 「구름에 달 가리듯」에서도 잘 드러난다. 이 작품의 부제는 '木月님 가시고'이다. 위의 시가 박목월 타계 후 한기팔, 박용래의 서신 왕래에서 비롯된 작품이라면, 이 작품은 한기팔이 박목월을 애도하는 시이다. 박목월은 한기팔에게 큰 영향을 미쳤을 뿐만 아니라 등단의 길로 이끈 스승이기도 하다. 1연의 화자는 '머락하노'와 '江나루 건너' 등 박목월 시를 인용하여 자연스럽게 그를 환기시키고 있다. 2연, 3연은 한기팔의 등단 전 두 사람의 밤낚시 일화를 변주하는 내용이다. 4연에 이르러 다소 감정이 묻어나긴 하지만, 마지막 연에서 화자는 일체의 감정을 소거한 채 '청모시 옷고름'으로 이미지를 전환시킨다. 이와 같이 한기팔 시에서 익숙하고 친밀한 대상을 다룰 때 함축적 화자가 등장하는 것은, 그 시적 대상에게서 생기기 쉬운 "거리의 서정적 결핍(lyric lack of distance)"[24]을 예방하려는 의도에서 비롯된 결과이다.

> 하늘 멀리 내던져진
> 햇덩이 하나

---

24) 김준오, 앞의 책, 29쪽.

녹물처럼 녹아내리는
바닷가,
늙은 소나무 아래
야트막한 집이 있어
하얀 옷 입은 그 분이 사신다.
구부리고 앉아 그림을 그리고 있다.
옆구리에 몇 편의 바람을 끼고

—「황홀한 고독」[25] 부분

「황홀한 고독」의 부제는 '화가 邊詩志'이다. 이 작품에서는 함축적 화자가 변시지 화가의 그림을 찬찬히 설명하듯이 묘사하고 있다. 이로 인해 작품 속에서 변시지 화가와 그의 그림 모두 화자의 관조적 대상이 된다. 화자는 그림을 그리고 있는 화가와 그의 그림을 무심한 시선으로 따라갈 따름이다. 대상의 모습을 있는 그대로 포착한다는 건, 대상에 대한 편견이나 사적 감정을 버렸을 때 비로소 가능한 것이다. 자전적 화자를 차용할 경우, 시적 대상에 대한 감정이입이 이어져서 지나치게 짧은 심리적 거리가 형성될 수 있다. 따라서 시인은 함축적 화자의 시선을 통해 시적 대상을 바라보고 있다. 여기에는 친밀한 유대감이나 사적 일화 따위가 틈입할 여지가 없다. 이 결과 작품 속에는 시인과 평소 돈독한 유대관계를 형성했던 교우의 모습 대신, '화가로서의 변시지'가

25) 한기팔, 『별의 방목』, 서정시학, 2008, 80~81쪽.

드러나게 되는 것이다. 시인은 교류 예술가를 제재로 한 작품에서 주로 함축적 화자를 차용하고 있다. 이러한 장치는 감정 이입에서 벗어나 대상을 관조할 수 있는 거리를 확보하기 위해 시인이 선택한 창작 방법이라고 볼 수 있다.

5. 맺음말

본고에서는 한기팔 시의 주요 소재들에 초점을 맞추어 작품에 등장하는 화자를 살펴보고 그 의의를 짚어보았다. 이 연구는 아직까지 본격적인 연구가 이루어지지 않은 한기팔 시세계를 탐색하는 기초 작업으로서도 의의를 지닌다. 본문에서 논의된 내용을 살펴보면 다음과 같다.

첫째, 한기팔 시에는 시인과 분리된 채 시적 대상에 대해 관조적인 태도를 취하는 허구적 화자가 주로 등장한다. 그 결과 관찰과 조응의 거리가 생겨남으로써 그의 시에는 대상화된 자연 이미지들이 드러난다. 자연히 한기팔 시에 등장하는 고향의 자연은 시인의 생활에 밀착되지 않고 객체적 대상으로서만 놓여 있게 된다. 이러한 사실은 시인의 회화적 특성과도 관련지어 생각할 수 있다. 화자가 정물을 대하듯이 자연 대상과 일정한 거리를 유지하고 있기 때문이다. 한기팔 시에 등장하는 허구적 화자는 중립적이고 객관적 자세를 취함으로써 시어의 엄결성을 견지하는 데에도 기여하였다고 평가할 수 있다.

둘째, 한기팔 시에서 제주 4 · 3의 역사는 화자의 운용을 통해 새롭게 재구성되고 있다. 시인의 소년 시절 실제 체험을 바탕으로 쓰여졌으므로, 작품 속에는 자연스럽게 유년의 시적 자아 즉 자전적 화자가 등장한다. 기억을 통해 떠올린 4 · 3은 자전적 화자에게 공포스러운 기억으로 채워져 있다. 자전적 화자는 때로 '모른다'고 그 현실을 외면하거나, '꿈'의 방식으로 4 · 3사건을 재구성하는 등 회피의 자세를 취하게 된다. 자전적 화자에게서 역사적 현실의 '회피'가 드러난다면, 함축적 화자에게서는 그것과 다른 양상이 드러난다. 함축적 화자는 작품 속에서 과거의 비극적 참상을 헤집거나 고발하는 대신, 제주 4 · 3의 역사적 상처를 객관적으로 응시함으로써 차분히 정리하고 수용하는 태도를 보여준다. 이러한 자세는 「한라산 억새꽃」에 이르러, 마침내 '和解'와 '相生'을 통한 트라우마의 승화로 귀결된다.

셋째, 한기팔은 교류 예술가를 제재로 한 작품에서 주로 함축적 화자를 차용하고 있다. 익숙하고 친밀한 대상을 다룰 때 함축적 화자가 등장하는 것은, 그 시적 대상에게서 생기기 쉬운 거리의 서정적 결핍(lyric lack of distance)을 예방하려는 의도에서 비롯된 결과이다. 함축적 화자로 인해 작품 속에는 화자와 시적 대상 사이에 심리적으로 먼 거리가 형성된다. 이러한 장치는 감정 이입에서 벗어나 객관적으로 대상을 관조할 수 있는 심리적 거리를 확보하기 위해 시인이 선택한 창작 방법이라고 볼 수 있다.

한기팔의 서정시에는 그가 견지하였던 창작 자세와 시어에 대한 엄결성이 녹아들어 있다. 한기팔 시세계의 특이점으로 가장 먼저 꼽을 수 있는 것은, 그의 회화적 특장에서 비롯된 이미지의 현현일 것이다. 시인은 이러한 장점을 시 창작 방법론에 접목하는 등 부단한 노력을 기울여왔다. 본고에서 논의된 화자의 운용도 그 노력 중 하나이다. 이와 같은 노력들이야말로 감각적 서정시의 한계를 넘어서서 그를 독창적인 시세계로 이끈 원동력이라 할 수 있을 것이다.

*이 논문은 제주대 영주어문학회, 『영주어문』, 제41집(2019. 02.)에 발표했다.